OS BUSCA PISTAS

O caso do roubo da *Mona Louisa*

Dados Internacionais de Catalogação na Publicação (CIP) de acordo com ISBD

B639c   Blanch, Teresa.
            O caso do roubo da Mona Louisa / Teresa Blanch ; ilustrado por José Labari
;   traduzido por Mariana Marcoantonio. - Jandira, SP : Ciranda Cultural, 2023.
            96 p. : il. ; 13,50cm x 20,00cm. - (Os buscapistas ; Vol. 3).

            Título original: El caso del robo de la Mona Louisa
            ISBN: 978-65-261-0641-9

            1. Literatura infantojuvenil. 2. Diversão. 3. Mistério. 4. Aventura.
            5. Investigação. I. Labari, José. II. Marcoantonio, Mariana. III. Título. IV. Série.

2023-1074   CDD 028.5
                                                                           CDU 82-93

Elaborado por Lucio Feitosa - CRB-8/8803
Índice para catálogo sistemático:
1. Literatura infantojuvenil 028.5
2. Literatura infantojuvenil 82-93

Título original: *Los Buscapistas: El caso del robo de La Mona Louisa*
© texto: Teresa Blanch, 2013
© ilustrações: Jose Labari, 2013
Os direitos de tradução foram negociados com a IMC Agència Literària, SL
Todos os direitos reservados.

© 2023 Ciranda Cultural Editora e Distribuidora Ltda.

Produção editorial: Ciranda Cultural
Tradução: Mariana Marcoantonio
Diagramação: Ana Dobón
Revisão: Fernanda R. Braga Simon

1ª Edição em 2023
www.cirandacultural.com.br

Todos os direitos reservados. Nenhuma parte desta publicação pode ser reproduzida, arquivada em sistema de busca ou transmitida por qualquer meio, seja ele eletrônico, fotocópia, gravação ou outros, sem prévia autorização do detentor dos direitos, e não pode circular encadernada ou encapada de maneira distinta daquela em que foi publicada, ou sem que as mesmas condições sejam impostas aos compradores subsequentes.

T. BLANCH - J. A. LABARI

OS BUSCA PISTAS

O caso do roubo da *Mona Louisa*

Tradução:
Mariana Marcoantonio

Ciranda Cultural

PEPA PISTAS

MAXI CASOS

Eles se conheceram no maternal e desde então não se separaram. Os dois têm uma agência de detetives e resolvem casos complicados. Pepa é decidida, e Maxi é um pouco medroso... Juntos, formam uma boa equipe.
Eles são **OS BUSCAPISTAS**!

MOUSE, o hamster de Maxi.

Estes são **PULGAS**, o cão farejador da agência, e **NENÉM**, o irmão de Pepa. Sua superchupeta livrou os Buscapistas de mais de uma fria.

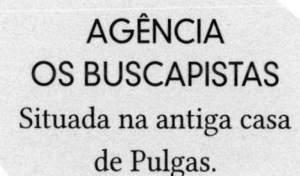

AGÊNCIA OS BUSCAPISTAS
Situada na antiga casa de Pulgas.

O MASCARADO ANÔNIMO, um estranho personagem que ajuda os Buscapistas. Mas quem se esconde atrás dessa máscara? **Busque as pistas e descubra a identidade dele!**

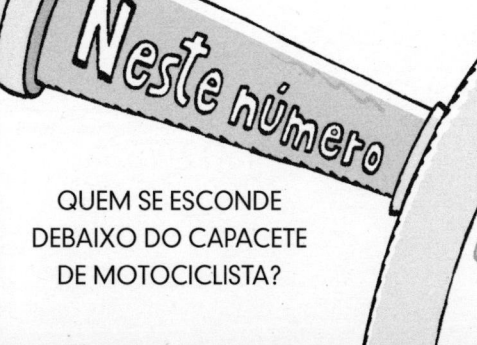

Neste número

QUEM SE ESCONDE DEBAIXO DO CAPACETE DE MOTOCICLISTA?

O MISTÉRIO DA *MONA LOUISA*

No domingo à tarde, Pepa Pistas saiu para o quintal em direção à agência de detetives dos Buscapistas com a última edição de *Detetives e farejadores* debaixo do braço. Seu irmão mais novo e seu cachorro Pulgas a seguiram correndo até a porta.

– Nem pensar! Eu passei o dia todo brincando com vocês! – disse Pepa, virando-se para eles. – Faltam poucas páginas para eu descobrir o culpado, preciso de tranquilidade para ler. Mas, pelo que pude comprovar, a palavra "tranquilidade" não faz parte do vocabulário de vocês!

Nesse instante, Neném pôs em marcha um plano A meticulosamente elaborado:

Deixou a chupeta cair.

Fez bicos.

Observou a irmã fixamente com olhos tristes.

– NÃO! – disse Pepa, decidida.

Então Pulgas se encarregou de realizar um plano B:

Uivouuuuuu! E deitou-se no chão, desanimado, como se fosse um tapete.

– Eu conheço a estratégia de vocês. Não vai adiantar nada!

Dito isso, Pepa desapareceu dentro da agência para terminar sua interessante aventura de detetives.

Mal tinha aberto o livro, sua mãe apareceu na porta da agência.

– Estou saindo! O seu irmão e Pulgas estão brincando no jardim. Dê uma olhada neles.

"Uma olhada?", pensou Pepa. "Como vou fazer isso se estou com os olhos grudados no livro?"

– V... você... não pode cuidar deles? – A última coisa que Pepa queria fazer era tomar conta do seu irmão mais novo.

– Eu preciso ir para a veterinária. Hoje vou ser entrevistada pela televisão local!

Pepa tinha esquecido completamente! A televisão local gravava um programa ao vivo sobre animais exóticos na clínica veterinária da sua mãe!

– E o papai...?

– Está em casa fazendo coisas. – Sua mãe suspirou, levantou-se e foi embora, não sem

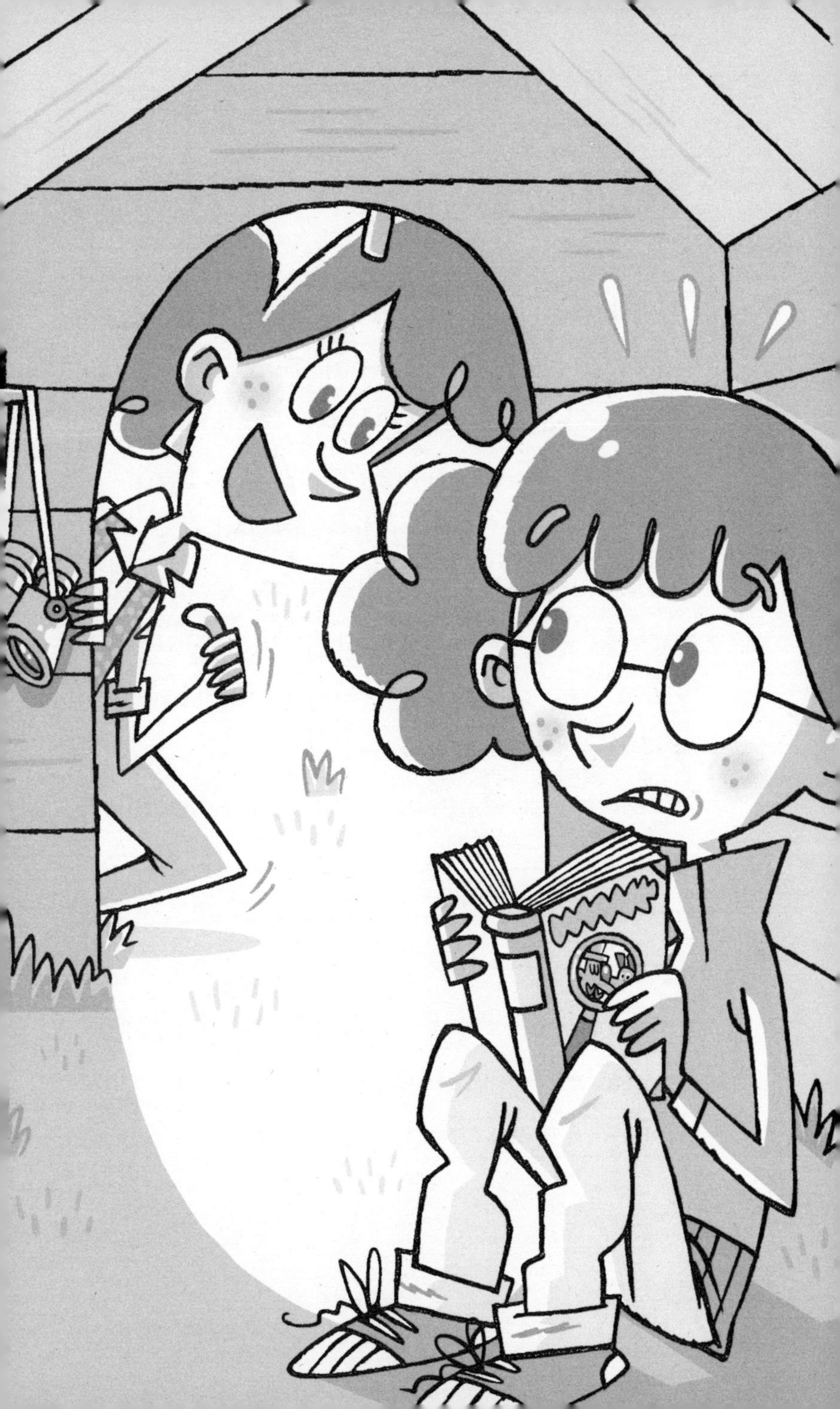

antes se assegurar de fechar bem o portão do quintal, para o caso de Neném e Pulgas resolverem fugir. – Comportem-se, crianças.

Pepa deu uma olhada do lado de fora, tal como sua mãe havia pedido, e mergulhou na leitura... Estava a poucas linhas de descobrir o ladrão do museu!

O detetive Lupinha estava prestes a pronunciar o nome do ladrão do busto de Nefertiti. Mas não percebeu a terrível sombra que o espreitava há algum tempo...

– As pistas indicam que o culpado é... – O detetive pigarreou antes de pronunciar o nome.

PEPA!

Uma voz estrondosa a assustou, e o livro voou pelos ares.

Maxi Casos, seu melhor amigo, acompanhado de Mouse, Neném e Pulgas, entrava pela porta da agência.

Pepa fez cara de poucos amigos.

– Que susto... E que inoportunos! – Pepa observou o livro, que permanecia aberto no chão. – Espero que seja importante.

Maxi confirmou com um sorriso desenhado no rosto, desdobrou um jornal e o mostrou à amiga.

– Veja o que eu encontrei! Leia!

– É o que eu estava tentando fazer antes de você me interromper! – respondeu um pouco irritada, e se pôs a fazer o que o amigo lhe pedia.

BasketvilleNews

A *MONA LOUISA* CHEGA À CIDADE

O valiosíssimo quadro *Mona Louisa* chega à cidade sob extremas medidas de segurança. A grande obra do célebre pintor italiano León Ardo Davinti poderá ser admirada no museu local Os Frescos até o próximo dia...

– Essa é a *Mona Louisa*? – Pepa observou boquiaberta a fotografia que acompanhava a notícia.

– Exatamente! – confirmou Maxi, entusiasmado. – Uma grande obra de arte e uma das mais famosas do mundo. Amanhã vamos ser os primeiros a vê-la durante a excursão ao museu!

– Pode ser uma grande obra de arte, mas na foto parece tão pequenininha...! – Pepa parecia decepcionada.

– Cabe numa mochila! – Maxi estava empolgado. – Pesquisei sobre o quadro.

– E descobriu alguma coisa? – Pepa não parecia muito interessada no assunto.

– Para começar, os especialistas desconhecem a identidade da macaca e... – começou a dizer, colocando o jornal a um palmo do nariz dela –, se você observar bem o sorriso da *Mona Louisa*, vai ver que guarda um tesouro...

Maxi pegou uma lupa, entregou a Pepa e continuou falando:

– Em um dos dentes da macaca há um pequeno desenho...

Pepa aproximou a lupa da boca daquela macaca.

– Um cofre? – perguntou, admirada.

– Exatamente! Mas não só isso: na estampa da roupa dela há umas flechas que formam um círculo. Os pesquisadores não souberam decifrar o significado. – Maxi baixou o tom de voz: – E ainda vou lhe dizer mais uma coisa...

– O quê? – sussurrou Pepa.

CRIANÇAAS!

A voz do pai de Pepa ressoou por todo o jardim.

– Quê? – responderam.

– O programa vai começar... Não querem ver a mamãe na tevê?

Neném, com Mouse nas mãos, e Pulgas correram para dentro, seguidos de Pepa e Maxi, e se acomodaram na sala.

A transmissão do programa *Veterinários em ação* havia começado. Pepa deu uma cotovelada em Maxi.

– O que você ia me dizer?

– Shhhhhhh! – O pai de Pepa pediu silêncio.

– Tentaramroubaroquadrováriasvezes – Maxi disse tudo junto, e tão baixinho que Pepa não entendeu quase nada.

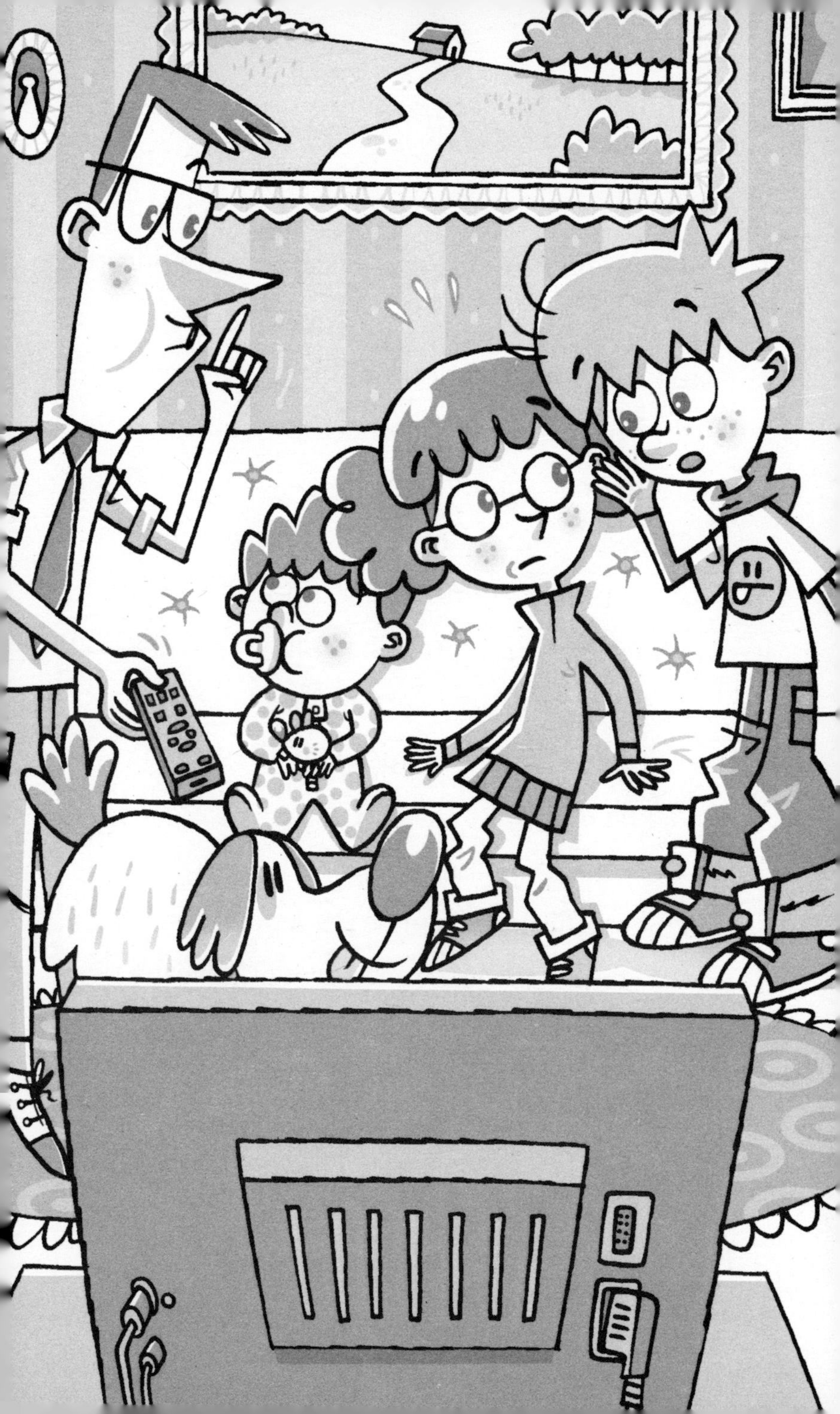

"No programa de hoje, nossa veterinária em ação vai se encarregar de um difícil caso: um papagaio exótico que chegou de uma ilha tropical com um grave problema nas plumas."

– Quê? – perguntou Pepa.

– As penas. Elas caem – explicou o pai de Pepa sem afastar a vista da televisão.

– Não estou falando disso. – Pepa se dirigia a Maxi, agora concentrado na tela. – Você disse que houve várias tentativas de roubo?

Maxi confirmou, mas agora parecia mais interessado no programa:

– Quem é esse cara que está com a sua mãe e o papagaio?

– O dono do papagaio – disse Pepa sem prestar muita atenção nele.

– Está fantasiado de pirata ou é um pirata de verdade? – quis saber Maxi.

– Shhhh!

Todos permaneceram em silêncio até o final do programa.

CONFUSÃO NO MUSEU

Pepa, Maxi e o resto dos colegas de classe se amontoaram ao redor da professora Ling no hall do museu.

– Lembrem-se de tudo o que eu lhes disse – advertiu a professora. – Nada de correr, gritar nem comer dentro do recinto. Iremos sempre em duplas. Não se separem do seu colega... Ah!, e, principalmente, nada de tocar as obras de arte e tirar fotos. Nem pensar!

Uma mulher alta e esbelta, com o cabelo branco e um rosto agradável, deteve-se perto do grupo.

– Professora Ling? – perguntou gentilmente.

– A própria! – disse a professora, e abriu passagem entre os seus alunos.

– Sou a senhora Barba...

As crianças explodiram em uma gargalhada, mas a professora Ling lhes lançou um olhar ameaçador que os fez calar de repente.

– ... ruda – continuou a mulher alta, como se nada tivesse acontecido.

– Desculpe? – Parecia que a professora Ling não tinha entendido bem o nome daquela mulher.

– Barbaruda – repetiu, desta vez pronunciou sem pausa –, a nova diretora do museu.

Feitas as devidas apresentações, a senhora Barbaruda conduziu o grupo diante da obra estrela do museu: a *Mona Louisa*!

– Oooh! – exclamaram os alunos da professora Ling quando a viram.

– Impressionante, não é? – disse a senhora Barbaruda. – Eu não sei se vocês conhecem a história. O retrato da macaca foi pintado pelo famoso pintor italiano León Ardo Davinti em 1810. É uma pintura de um valor incalculável...

A senhora Barbaruda permaneceu em silêncio por alguns segundos com o olhar posto no quadro, deixou escapar um profundo suspiro e continuou:

– Acreditem ou não, é um dos maiores tesouros da história da humanidade... Nem os pesquisadores foram capazes de decifrar os códigos que este quadro esconde! HA, HA, HA! – Começou a rir de forma extravagante, com os olhos completamente vazios, até que o toque do seu celular a devolveu à realidade.
– Bom... preciso ir. Desfrutem da visita.

E se afastou do grupo enquanto atendia o telefone.

– Bem – a professora Ling prosseguiu com a explicação –, agora vocês vão se aproximar do quadro em duplas, para observá-lo com lupa. Depois, vocês vão pegar o caderno e os lápis e fazer uma reprodução livre da *Mona Louisa*, entenderam?

– Você trouxe a lupa? – perguntou Maxi a Pepa.

– Claro! – disse a amiga, e a tirou da mochila.

– Era maneira de dizer, crianças – esclareceu a senhorita Ling, que estava perto deles. – Mas, já que vocês trouxeram, podem usar.

Pepa e Maxi se aproximaram do famoso quadro e observaram os detalhes da pintura. Ali estava o desenho de um cofre no dente, de flechas na estampa da roupa... Pepa aproximou os olhos da lupa.

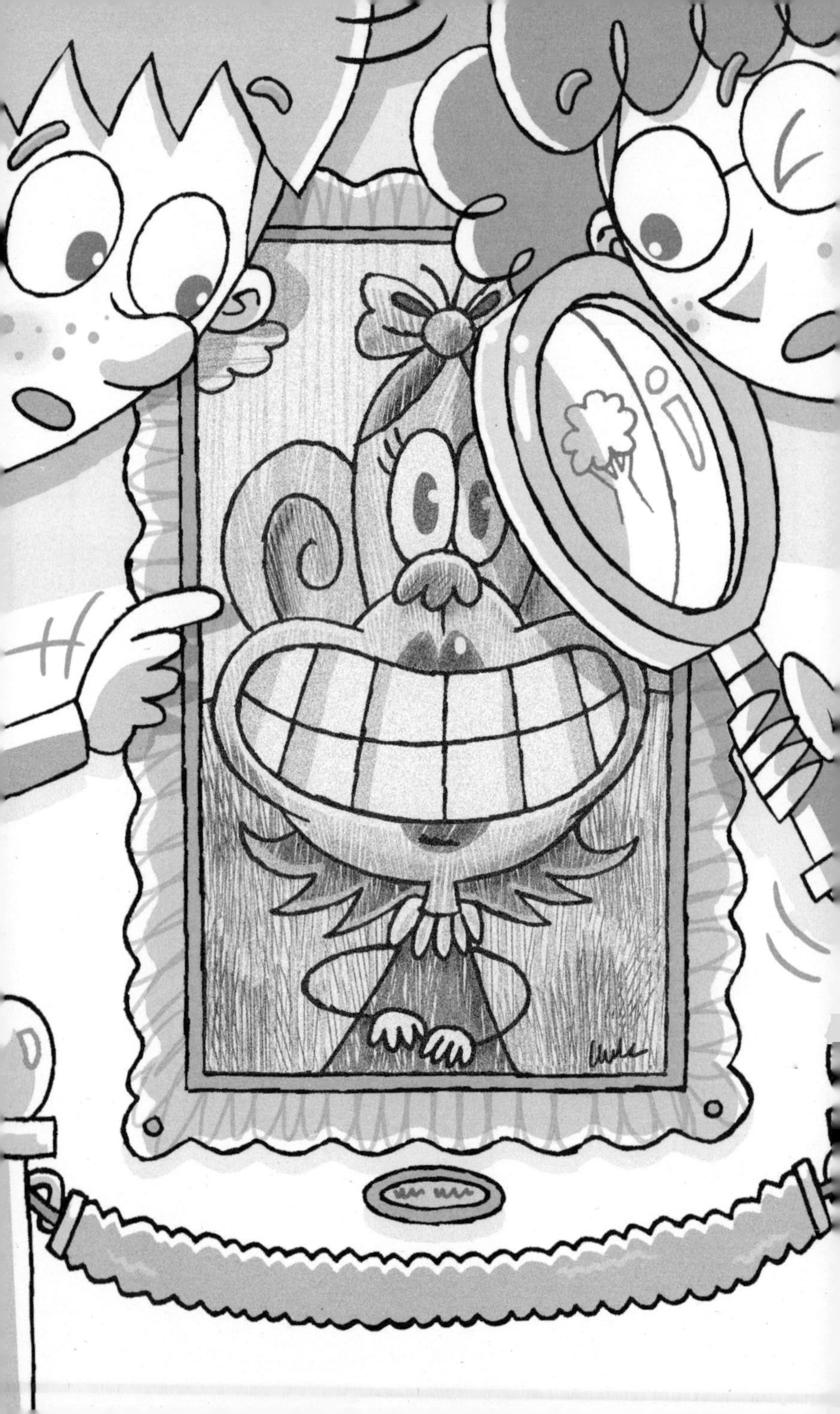

– Você viu? No olho esquerdo aparece o reflexo de uma árvore...

Maxi pegou a lupa e olhou o retrato.

– É verdade!

– Próxima dupla – anunciou a professora Ling.

E Pepa e Maxi foram buscar um canto para olhar o quadro e desenhá-lo, tal como a professora lhes pedira.

– Você me dá uma folha de papel? – pediu Maxi enquanto pegava os seus lápis de cor. – Esqueci as minhas.

– Você é um caso! – Pepa lhe deu algumas folhas, embora soubesse que uma seria suficiente... Maxi era um bom desenhista!

Em pouco tempo, tinha sua obra de arte terminada e pintada. Pepa, ao contrário, continuava contemplando o quadro, com sua folha cheia de rabiscos.

Deixou o desenho e sua caixa de lápis de cor no chão e foi até a professora Ling.

– Tudo bem... Mas que a sua dupla o acompanhe! – Pepa ouviu o que a professora Ling dizia, apontando para ela.

A menina colocou o seu material na mochila e se dirigiu até os banheiros com Maxi.

– Espero você aqui fora, mas não demore – avisou ao amigo.

Pepa se sentou no chão.

Então se levantou e pulou num pé só.

Brincou de amarelinha enquanto assobiava uma melodia e por fim voltou a se sentar. De repente lhe pareceu ouvir umas vozes que sussurravam perto dos banheiros.

– Está na hora – murmurou alguém.

– À abordagem! À abordagem! – repetia uma voz aguda e melodiosa.

– Certo, chefa! – assentiu uma terceira voz, rouca.

Pepa não deu importância e pensou que estava na hora de que Maxi saísse do banheiro.

TOC! TOC! TOC!

– Maxi! – sussurrou com o ouvido grudado na porta. – Terminou?

– Já vou... – disse Maxi, e abriu a porta.

Pepa o olhou de cima a baixo.

– O seu cadarço está desamarrado – advertiu Pepa, e se agachou para ajudá-lo.

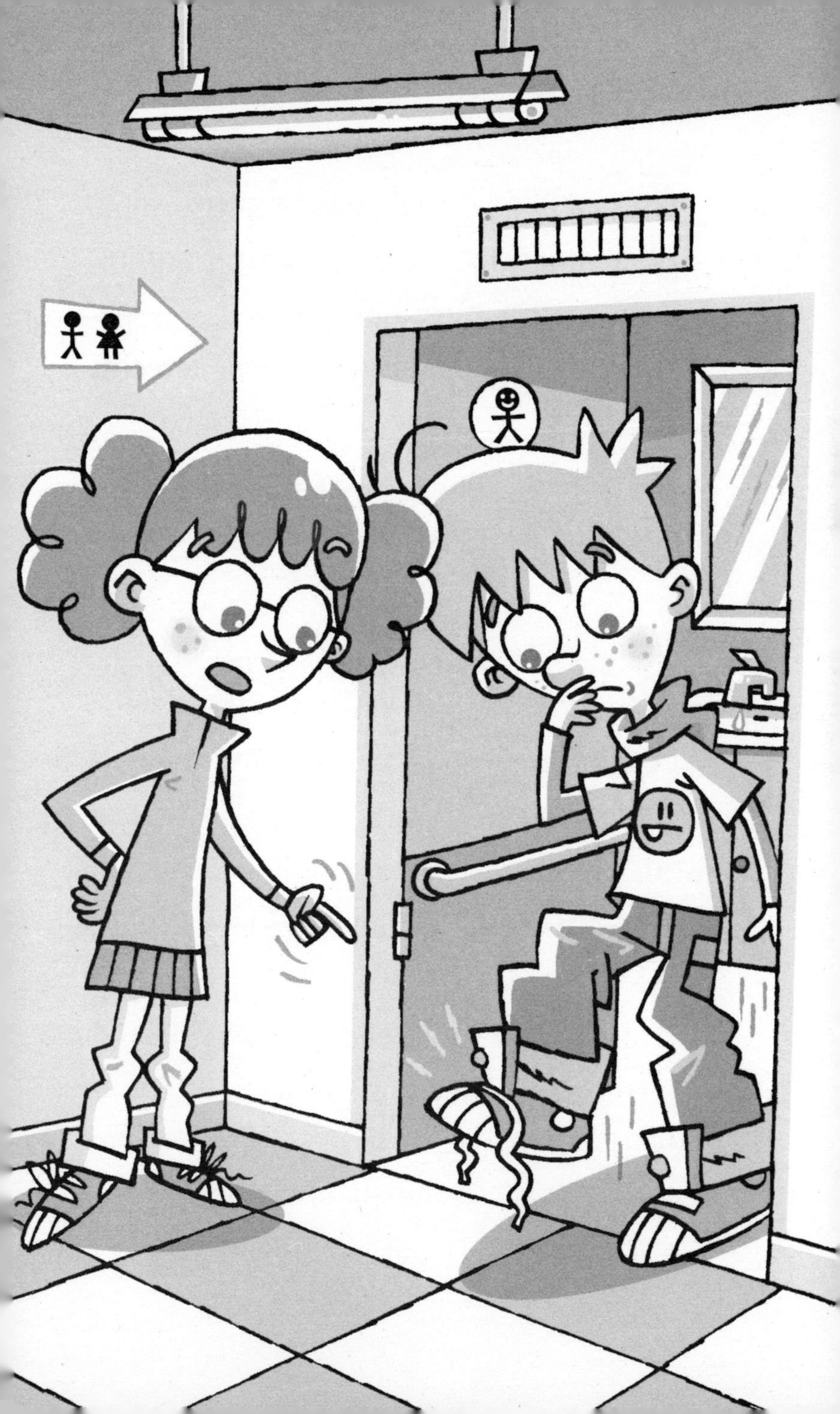

Mas, no preciso instante em que terminavam de amarrar o tênis... BIIIIIIIPPPPP BIIIIIPPP, o alarme de incêndios disparou, e uma voz ordenou pelo alto-falante:

EVACUEM O MUSEU DE FORMA ORDENADA!

Corra! Precisamos voltar com o pessoal...

Pepa e Maxi iam na contracorrente. Os visitantes se dirigiam a grandes passos, mas de forma ordenada, tal qual lhes haviam pedido, em direção à saída do museu. Eles cruzaram com um grupo de estudantes da sua idade. Por alguns segundos, hesitaram, pensando que se tratava de seus colegas, e estiveram prestes a se juntar a eles...

– Continue em frente, Maxi. São de outra escola... – Pepa se apressou em dizer. – A nossa prô não vai embora sem nós.

Mas, ao chegar à sala em que a obra-prima de León Ardo Davinti que estava exposta, tiveram uma desagradável surpresa: não havia ninguém!

– Eles se esqueceram da gente!

Maxi foi em busca da sua caixa de lápis de cor e do seu desenho.

– Não estão! – exclamou. – Alguém deve ter levado...

– Com certeza foi a professora Ling... Apresse-se! Temos que sair daqui.

E então notaram algo terrível. A *Mona Louisa* não estava! No lugar dela, alguém tinha colocado o desenho de Maxi!

– Roubaram o quadro! – exclamou Pepa.

Mas não puderam dizer mais nada. A senhora Barbaruda estava atrás deles.

– Posso saber o que estão fazendo aqui? – perguntou com um tom de voz nada amável.

– O... O... quadro... não está! – disseram as crianças, apontando para a parede vazia.

A partir daí, tudo aconteceu muito depressa. A senhora Barbaruda saiu da sala correndo, dando voz de alarme, enquanto uma pluma colorida de alguma espécie de ave exótica revoava perto da parede onde antes estivera pendurado o quadro, e pousava no chão suavemente. Esse detalhe não passou despercebido para os Buscapistas.

Pepa se agachou e guardou a pluma em sua mochila.

Segundos depois, a diretora regressava acompanhada dos membros de segurança do museu e do delegado de polícia.

– Crianças – disse o delegado –, preciso lhes fazer algumas perguntas. Vocês estavam nesta sala quando o alarme tocou?

Pepa e Maxi negaram com a cabeça.

– Viram alguém? – continuou perguntando o delegado.

– Não – responderam as crianças.

– Ou algo que lhes parecesse suspeito? Bom... podem ir com os seus colegas. Vamos isolar a sala. Se eu precisar de vocês, entrarei em contato com a escola.

Dito isso, o comissário se aproximou do desenho de Maxi, que ainda estava colado na parede.

– E isso? – perguntou com o cenho franzido.

– Uma gozação dos ladrões... – esclareceu a senhora Barbaruda.

– Hummm... Bom desenho – continuou o delegado.

De repente, a professora Ling entrou correndo na sala.

– Levei um susto quando não vi vocês lá fora... – A pobre mulher estava sem fôlego. – Vamos embora!

– Mas... Eu quero o meu desenho! – observou Maxi, apontando para a parede.

– Acho que agora é uma prova policial – advertiu Pepa. – Você vai ter que fazer outro.

Maxi ficou triste...

Seu desenho estava sendo observado por um monte de gente.

O SENHOR PERNA DE PAU

Quando saiu da aula, a primeira coisa que Maxi fez foi ir para casa em busca de Mouse e da sua bicicleta. Então passou pelo supermercado onde sua mãe trabalhava e lhe contou tudo o que aconteceu.

Por fim, foi reunir-se com Pepa na agência de detetives.

– Temos um caso em mãos – disse Pepa, observando o amigo, que continuava cabisbaixo –, e isso deveria animar você.

Maxi deu de ombros.

– É por causa do seu desenho? – interessou-se a amiga.

– Claro! – respondeu Maxi. – Quero recuperá-lo. Além do mais, as minhas impressões digitais estão nesse desenho... E se pensarem que fui eu?

Era verdade! Pepa não tinha levado em conta um detalhe tão importante quanto aquele. Tentou pensar com rapidez...

– Temos que nos concentrar na investigação e encontrar o ladrão antes da polícia. Contamos com... – A menina extraiu a primeira prova da mochila – uma pena.

— Puxa! Não parece que possa nos ajudar muito...

Pepa e Maxi ouviram um barulho de porta e alguns passos. Uns pés enormes se detiveram diante da porta da agência. As crianças colocaram a cabeça para fora.

— A mamãe acabou de ligar — disse o pai de Pepa. — Falou para vocês irem até a clínica veterinária para buscar o Neném e o Pulgas.

— Já sei! — disse Pepa. — A minha mãe vai nos dizer a que tipo de ave a pena pertence, e talvez isso nos leve a outra pista...

— Pista? — O pai de Pepa parecia admirado. As crianças o colocaram a par do roubo. — Puxa, eu ouvi algo sobre isso no rádio, mas não prestei muita atenção... Bom, como eu disse, vocês precisam ir buscar o Neném e o Pulgas. Eu vou me fechar para escrever.

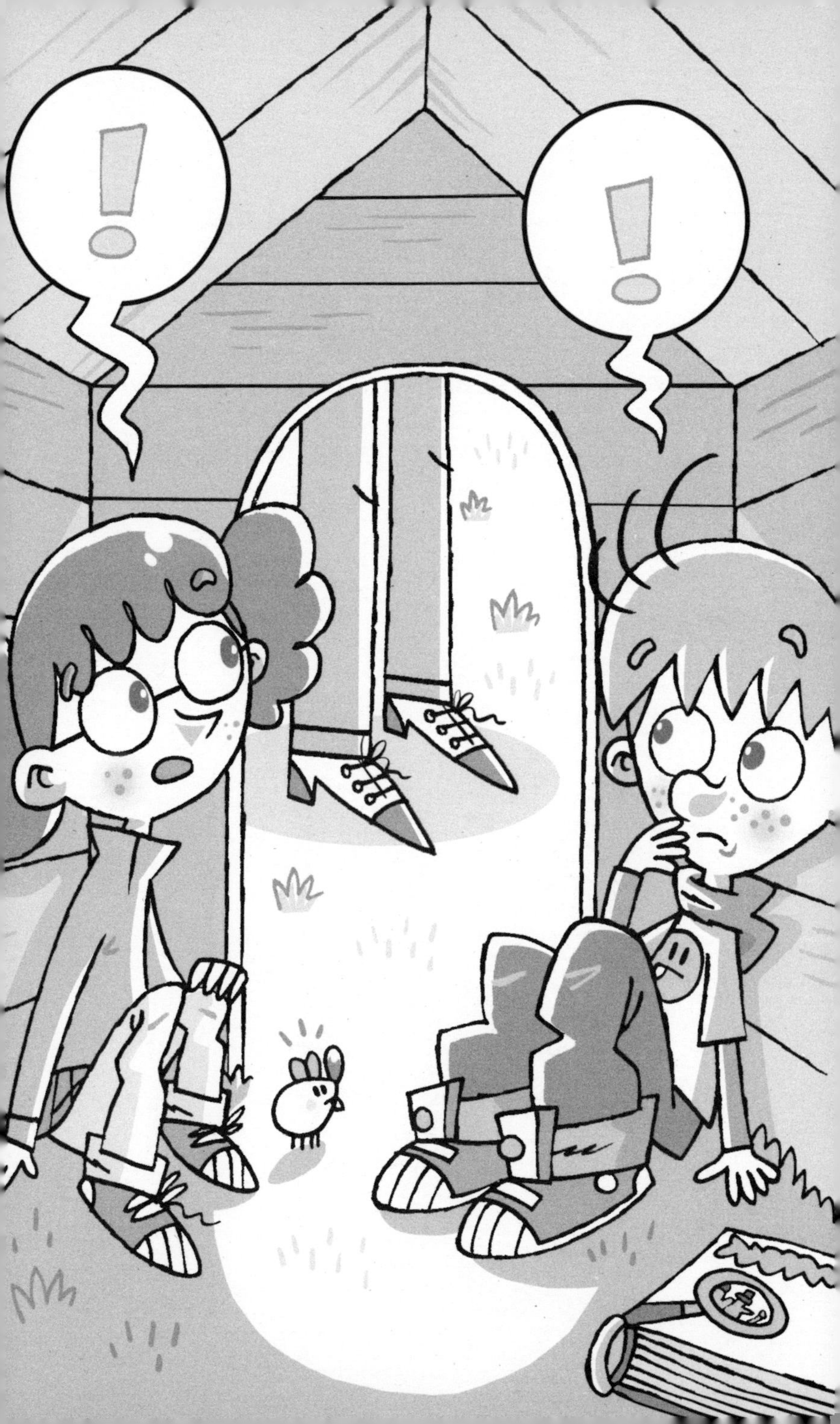

Pepa e Maxi subiram cada um em sua bicicleta e pedalaram até a clínica. Diante da porta estava estacionada uma moto com sidecar. O motociclista que aguardava ao lado chamou atenção das crianças. Usava um capacete preto brilhante com o visor fumê e se movia de um lado para o outro de forma nervosa.

Pepa e Maxi prenderam as bicicletas no paraciclo que havia ao lado da área reservada para motos e entraram na clínica. O motociclista não os perdia de vista.

– A sua mãe está atendendo um paciente – disse a moça da recepção, dirigindo-se a Pepa.

Neném apareceu por trás do balcão.

– Vamos esperar. Precisamos falar com ela.

– Não acho que demore. Já faz um bom tempo que estão lá dentro... – continuou a moça.

Do consultório da senhora Pistas, saía uma voz rouca que parecia irritada. Depois ouviram alguns passos e, CLIQUE!, a porta da sala se escancarou.

Do lado de dentro apareceu um homem grandalhão e barbudo fantasiado com estranhas roupas de pirata. Levava no ombro uma ave exótica com escassa plumagem.

– Ele precisa ficar um dia em observação... – disse a mãe de Pepa, apontando para o papagaio.

– Nem pensar, senhora! Vou viajar hoje mesmo.

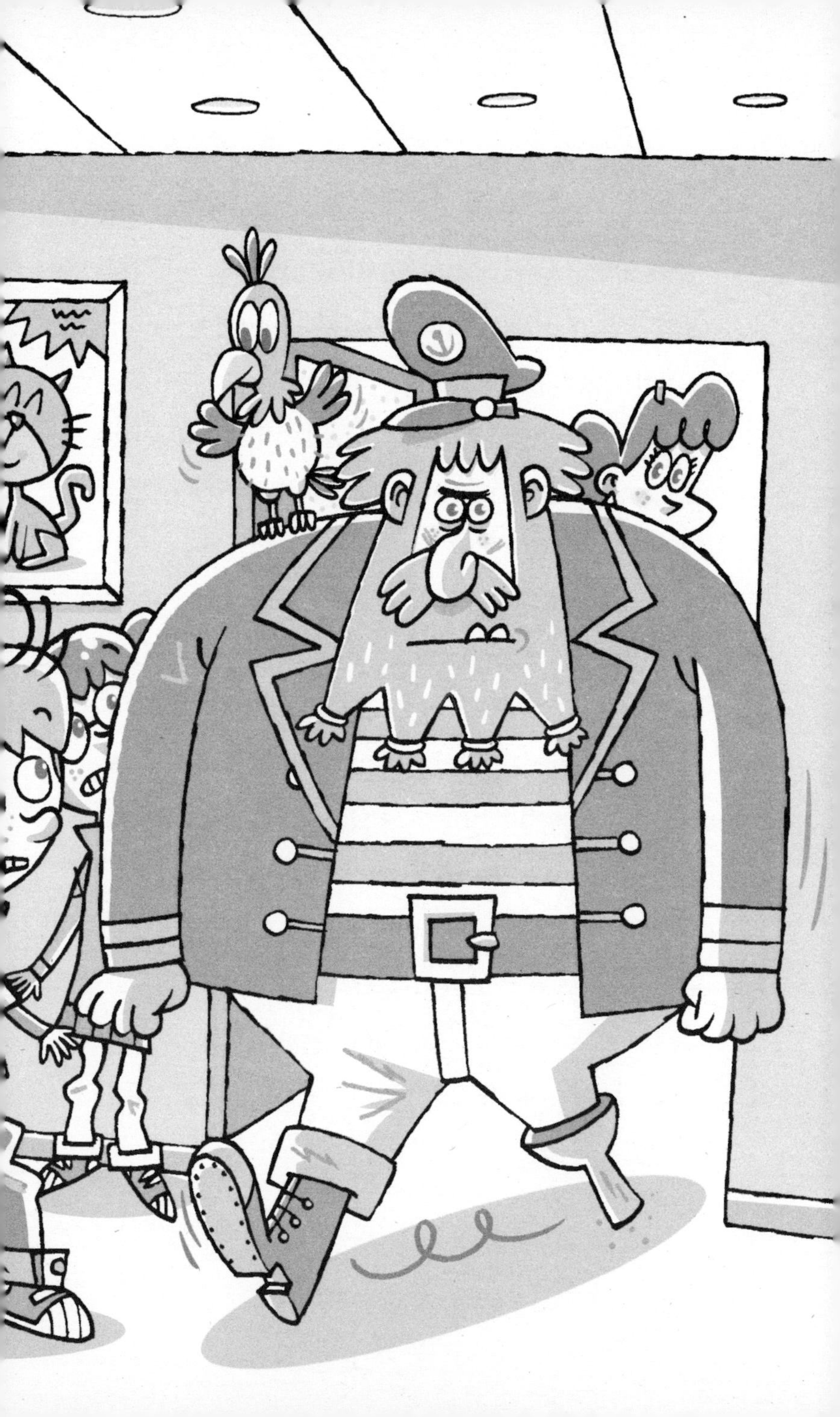

Maxi segurou o braço de Pepa.

– Esse cara não me é estranho...

– Senhor Perna de Pau, eu o advirto de que, se a sua ave não tiver os cuidados necessários, em quatro dias estará completamente depenada – continuou a senhora Pistas.

Mas o homem se dirigiu ao balcão da entrada para pagar a consulta. A senhora Pistas voltou à sua sala, dando-se por vencida, seguida da filha.

– Está interessado em receber ofertas da nossa clínica? – perguntou a moça da recepção.

O senhor Perna de Pau fez que sim com a cabeça.

– Seu endereço? – perguntou a moça com um sorriso.

– Cais 13. O barco se chama *Tubarão*.

– O senhor mora em um barco? – perguntou Maxi.

– Sim. Algum problema, garoto?

Maxi negou com a cabeça e se afastou do balcão.

Enquanto isso, Pepa entrava no consultório da mãe. Já Maxi continuava observando aquele homem vestido de pirata.

Acabava de se tocar que se tratava do mesmo cara que tinha aparecido em *Veterinários em ação* no dia anterior!

– Esse homem é mesmo muito teimoso! – lamentou-se a senhora Pistas.

– Mamãe... – disse Pepa.

– Temos que tratar aquele bicho!

– Veja. – Pepa lhe mostrou a pena.

– Foi o que eu disse a ele! O pobre animal vai perder a sua plumagem! – lamentou-se a senhora Pistas.

– Então, esta pena é daquele pássaro? – perguntou Pepa.

– Sem dúvida... Ele tem uma plumagem muito especial que o torna inconfundível.

Pepa saiu da sala apressada, ao mesmo tempo que outro paciente entrava para ser atendido pela mãe dela.

– E o Maxi? – perguntou Pepa à moça da recepção.

– Saiu atrás do senhor Perna de Pau e do papagaio dele.

Através do vidro da clínica, Pepa viu o seu amigo dar meia-volta e regressar.

– Maxi! – gritou na rua. – Acabei de descobrir que o cara tem a ver com o roubo da...

– O Mouse fugiu e se enfiou no sidecar – choramingou o menino.

– No sidecar? – perguntou Pepa.

Maxi apontou para os dois motociclistas e o sidecar, afastando-se a toda velocidade rua abaixo.

– Temos que ir atrás deles, depressa! Estão levando o meu Mouse!

Pepa e Maxi apareceram na porta da clínica, despediram-se da moça da recepção e foram embora com toda a pressa.

– Ei, vocês tinham que levar o Neném e o Pulgas...! – avisou a moça. O irmão mais novo de Pepa olhou fixo para ela e tentou sair para a rua. – Não se mexa, pequeno! Eu vou ligar para o seu pai antes que esses dois se metam numa confusão.

Quando o senhor Pistas desligou o telefone, Maxi e Pepa já estavam rua abaixo, a caminho do cais.

4

O MAPA DA ILHA DO TESOURO

Os ancoradouros estavam abarrotados de embarcações, então Pepa e Maxi tiveram de perguntar a um dos vigias do porto onde estava o cais número 3.

– Sigam direto até o fim. Não tem erro – disse ele.

Fizeram isso, e logo descobriram a moto com o sidecar estacionada na frente de um barco que tinha o nome de *Tubarão*. Pepa e Maxi esconderam as bicicletas atrás de um enorme contêiner.

– Preciso olhar dentro do sidecar. Talvez o Mouse continue ali – disse Maxi.

– Poderia ser perigoso – advertiu Pepa. – Acho que o tal Perna de Pau é o ladrão do quadro.

– Como você sabe?

– A pena que nós encontramos depois que o alarme de incêndio tocou pertence ao papagaio dele. Isso significa que ele esteve ali antes de nós. – Pepa tomou fôlego. – E a pressa de viajar o delata.

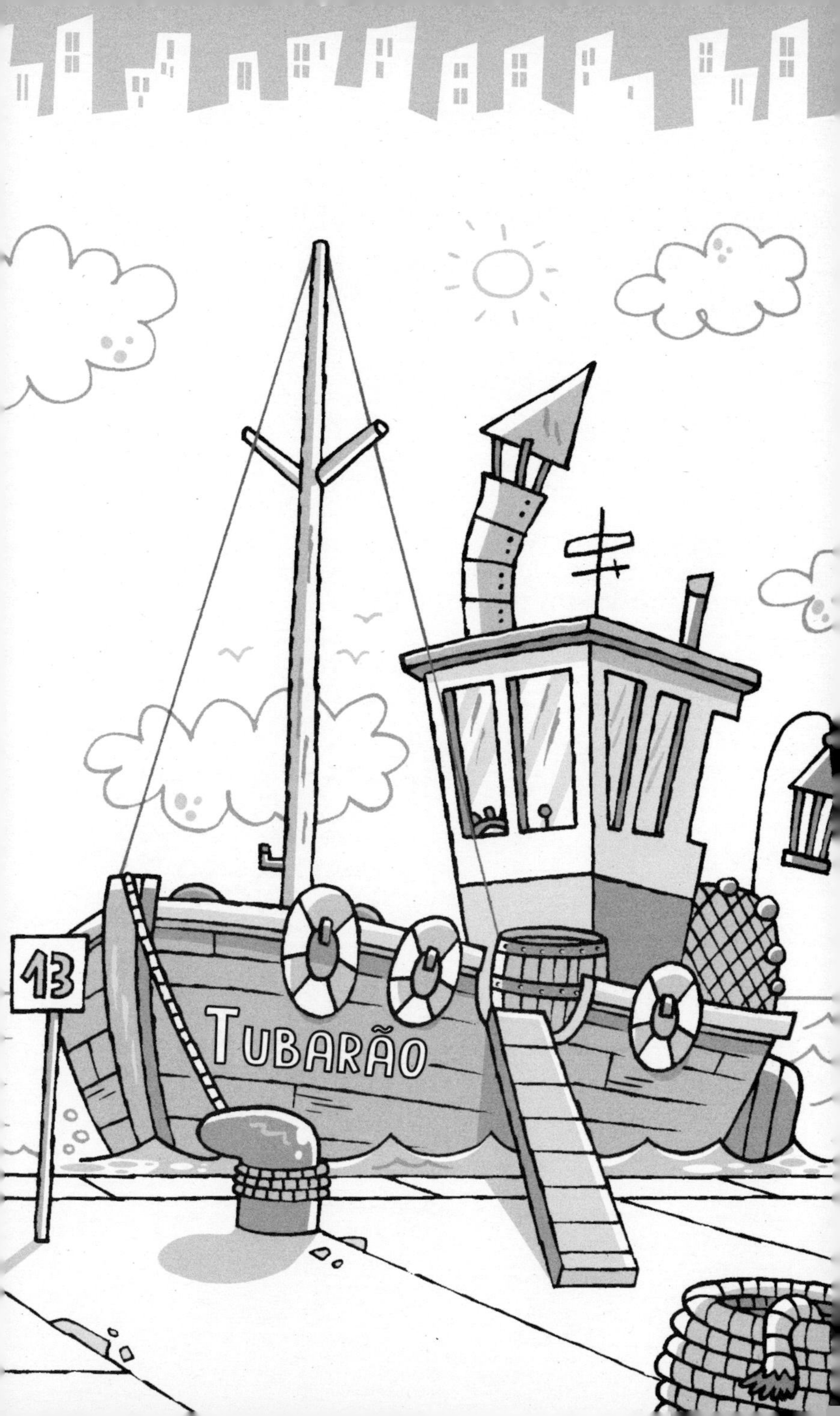
13
TUBARÃO

– Tem certeza? – perguntou Maxi.

– Hummm... – Pepa parou para pensar. – Não, mas é uma possibilidade. Por enquanto, vamos procurar o Mouse, e em seguida vamos contar ao delegado o que sabemos.

Depois de se assegurar de que ninguém os via, Pepa e Maxi deslizaram até o sidecar e examinaram dentro dele.

— Mouse! – sussurraram sem sucesso.

– O seu hamster sempre nos mete em problemas – disse Pepa. – Vamos ter que entrar no *Tubarão*.

Maxi arregalou os olhos.

– Sério?

– Claro! O tal Perna de Pau disse que ia viajar... E se o Mouse resolveu subir a bordo? Vamos, não podemos perder tempo!

– Os barcos me deixam enjoado... – titubeou Maxi.

– Mas este está amarrado. Não acho que se mexa tanto – garantiu Pepa, e puxou o amigo.

Eles atravessaram a passarela agachados e com muito sigilo, ainda que tremendo de medo de serem vistos por alguém. Uma vez na coberta, continuaram agachados. Temiam que Perna de Pau estivesse na ponte de comando e os visse.

– Vamos nos dividir – propôs Pepa. – Você olha a estibordo, e eu vou procurar a bombordo, combinado?

Maxi concordou, e Pepa começou a deslizar pelo barco.

– Espere... – murmurou Maxi. – Onde fica estibordo?

Pepa suspirou e levantou a mão direita. Maxi levantou o polegar em sinal de que tinha entendido.

– Mouse! Mouse! – continuava sussurrando Maxi a estibordo.

– Mouse! Mouse! – remedou alguém.

Maxi ficou pálido.

Aquele barco tinha eco?

– Intrusos! Intrusos!

Aquilo não era eco!

Tinham sido descobertos!

A bombordo, Pepa apontava para o alto de um mastro, de onde o papagaio de Perna de Pau os observava.

Ao lado de Pepa, havia alguns barris nos quais podiam se esconder. Maxi correu até ela. Sem pensar nem um minuto, eles se enfiaram dentro deles. O papagaio provocava tal alvoroço que certamente acabaria alertando Perna de Pau.

De fato: minutos mais tarde, ouviram-se passos na coberta.

– Que confusão toda é essa? – disse Perna de Pau com seu vozeirão.

Pepa e Maxi não se atreviam nem a respirar.

– Se esse bicho não fechar o bico, quem vai fechar sou eu – agora falava uma voz de mulher.

– À abordagem! À abordagem!

– Precisamos ir embora – continuou a mulher –, ou vão acabar nos descobrindo. Aqueles dois pivetes do museu rondavam pela clínica veterinária. Se eu não estivesse de capacete, teriam me reconhecido.

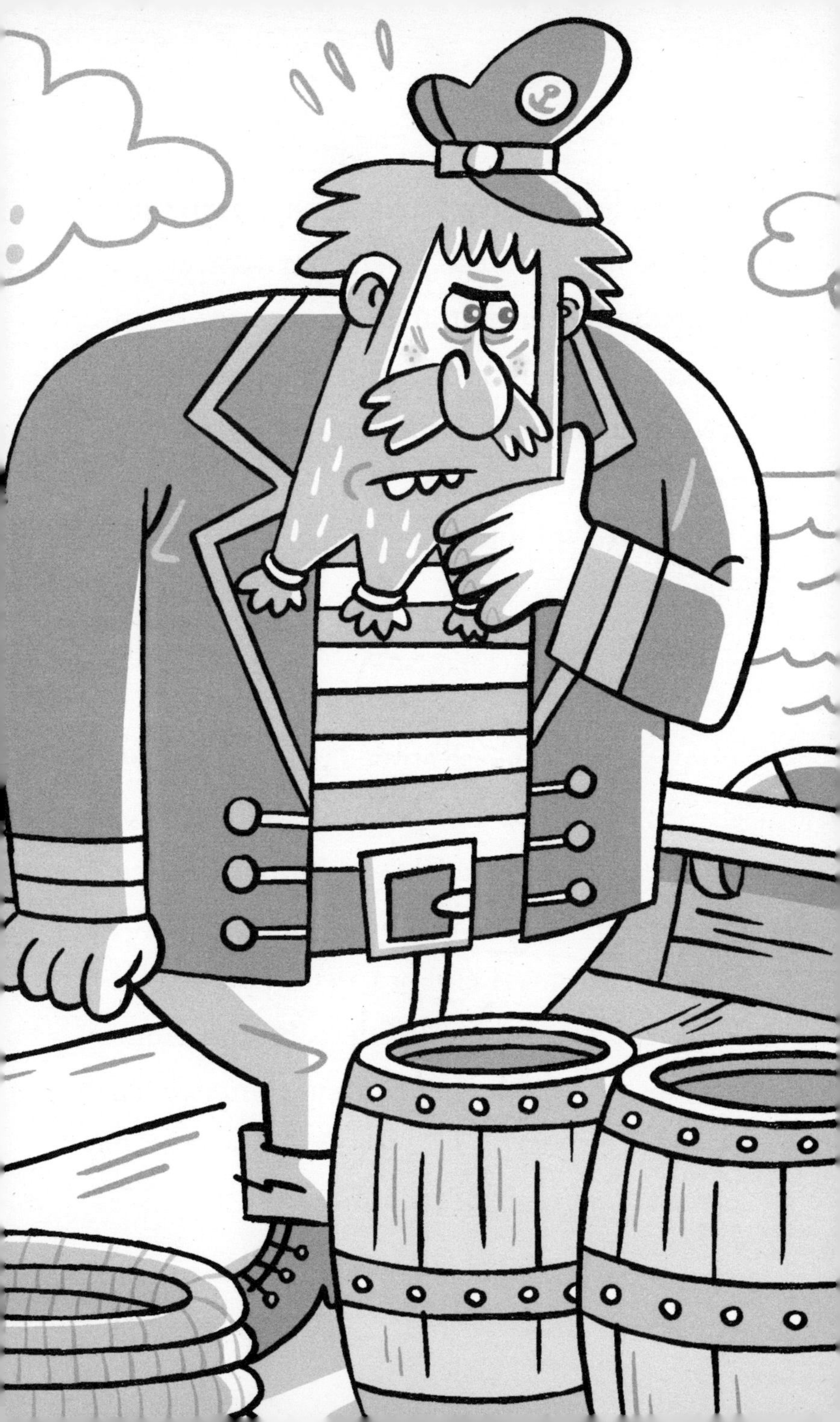

Pepa e Maxi ficaram gelados... Aquela voz pertencia a...!

– Quem? – perguntou Perna de Pau.

– As duas crianças que continuaram no museu durante o roubo. Por pouco não nos descobriram.

...à senhora Barbaruda, a diretora do museu!

– Precisamos zarpar o quanto antes para a ilha, Perna de Pau – ordenou a senhora Barbaruda. – O mapa escondido na *Mona Louisa* nos conduz diretamente ao tesouro! HA, HA, HA!

De novo aquela risada extravagante. Pepa e Maxi a imaginaram olhando para o céu com os olhos vazios... Um calafrio se apoderou deles.

Mas a risada da mulher se interrompeu de repente quando ela notou um rato na sua frente, farejando restos de algum alimento que tinha caído na coberta.

– Posso saber o que esse rato está fazendo a bordo? Perna de Pau, desfaça-se dele imediatamente.

Pepa fechou os olhos. E os punhos. Tinha a esperança de que Maxi não abrisse a boca. Mas, em pouco menos de um milésimo de segundo...

"Ai, eu sabia", pensou Pepa, assustada.

Perna de Pau e a senhora Barbaruda olharam dentro dos barris.

– Diacho, os pivetes da clínica veterinária! – disse Perna de Pau, atônito.

– Eu disse... Grrr! Que droga! – A senhora Barbaruda estava vermelha como um pimentão.

– O que vamos fazer, chefa? – perguntou Perna de Pau. – Jogamos as crianças no mar?

Pepa e Maxi não se atreviam a se mexer e continuavam dentro dos barris. Mouse aproveitou que Barbaruda e Perna de Pau discutiam para pular dentro do capuz de Maxi.

– Não seja estúpido! Leve-os para a bodega e a tranque com chave. Vamos comprar os mantimentos que faltam e na volta sairemos rumo à Ilha da Mona.

– Com os pivetes a bordo? E se nos derem azar?

– Faça o que eu estou dizendo! – ordenou a senhora Barbaruda.

Perna de Pau cumpriu as ordens com todo o rigor e sem reclamar mais. E, num piscar de olhos, tombou os barris e os fez rodar até a bodega. Uma vez lá dentro, no escuro, as crianças ouviram o barulho da chave e dos passos de Perna de Pau se afastando. Pouco depois, o rugido da moto lhes indicou que aqueles dois indivíduos se afastavam em busca de provisões para a viagem, e decidiram que era o momento de abandonar os barris.

– E agora? – perguntou Maxi, um pouco tonto.

Pepa deu de ombros.

– Talvez se tentássemos...

Pepa não pôde terminar de falar. Do outro lado da porta, havia alguém. Eles sabiam por causa do barulho de uns sapatos deslizando pela madeira.

As crianças se abraçaram, tremendo. Havia um terceiro ladrão?

CLIQUE!, CLAQUE!, a porta ficou entreaberta.

Pepa e Maxi estavam petrificados e sem saber o que fazer.

– Alguém tem interesse em que a gente saia – murmurou Pepa.

– Aposto que é uma armadilha! – exclamou Maxi.

– Talvez tenham se arrependido e estão nos liberando... Vamos ter que nos arriscar!

Com precaução, eles se aproximaram da saída. Olharam para um lado e para o outro: não havia ninguém...

– Vamos – disse Pepa. – Tem que haver algum telefone na ponte de comando, e vamos poder pedir socorro.

As duas crianças correram escada acima até a ponte de comando. Em cima de uma mesa, encontraram a moldura da *Mona Louisa* desmontada.

– A tela não deve estar longe – disse Pepa.

De fato, a poucos metros encontraram um pedaço de tela enrolado feito um pergaminho. E o esticaram em cima da mesa.

– Veja! No verso da tela está o mapa do tesouro de que eles falavam – exclamou Pepa.
– Claro! Agora entendo o reflexo da árvore, as flechas, o cofre... Transparecia no rosto da *Mona Louisa*!

Um rangido alertou as crianças.

– Vocês estão aqui? – perguntou uma voz às suas costas.

Quando se viraram, descobriram o delegado, acompanhado de dois agentes!

Pepa e Maxi respiraram aliviados e se dirigiram a eles.

– É um mapa do tesouro! – As crianças apontaram o pedaço de tela.

O delegado explodiu numa gargalhada.

– Vocês têm tanta imaginação! – disse um dos agentes.

Pepa e Maxi estavam a ponto de replicar, mas não tiveram tempo, porque naquele instante apareceu o senhor Pistas.

– Crianças, vocês estão bem? Os dois ladrões da *Mona Louisa* foram presos quando voltavam do supermercado!

Era certo.

Quando desceram do *Tubarão*, Pepa e Maxi avistaram Perna de Pau e a senhora Barbaruda dentro de uma das viaturas.

– Está na hora de que essa preciosidade seja devolvida ao museu – disse o delegado, observando a tela. – A propósito, acho que isto pertence a você.

O delegado entregou um papel dobrado a Maxi e piscou um olho para ele: tinha acabado de recuperar o seu desenho!

– Vamos para casa – disse o senhor Pistas. – Eu acho que vocês têm muitas coisas para me contar.

PASSATEMPOS

1 FESTA À FANTASIA

BARBARUDA ESTÁ DISFARÇADA COM UMA DESTAS FANTASIAS DE PIRATA!

Para descobrir qual é Barbaruda, você tem de prestar atenção no seguinte:

ELA ADORA: tatuagens, brincos, lenços e óculos.
ELA DETESTA: tapa-olhos, pernas de pau e perucas.

2 O MAPA DO TESOURO

ENCONTRE O TESOURO ANTES DE PERNA DE PAU E BARBARUDA!

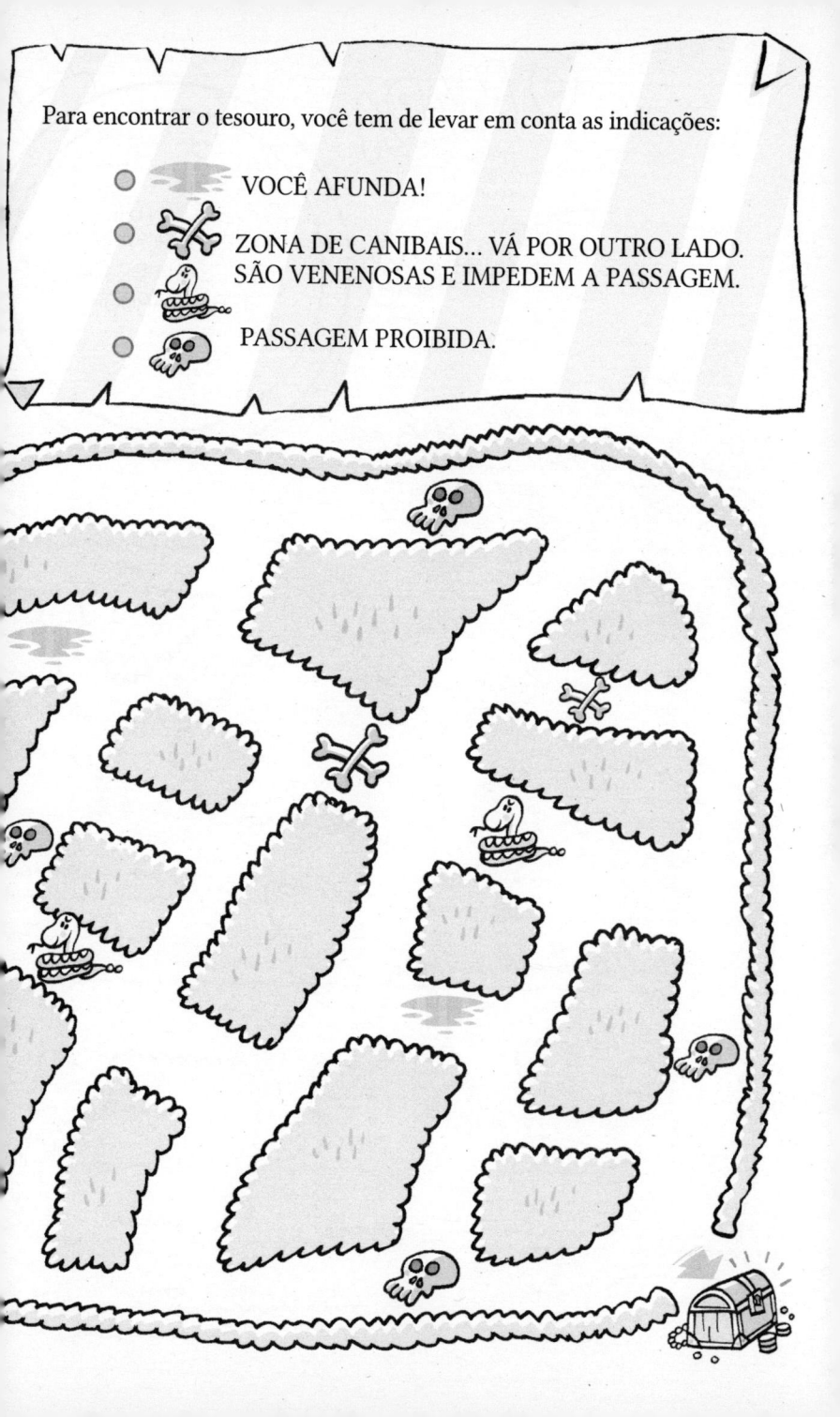

Para encontrar o tesouro, você tem de levar em conta as indicações:

- 💧 VOCÊ AFUNDA!
- 🦴 ZONA DE CANIBAIS... VÁ POR OUTRO LADO.
- 🐍 SÃO VENENOSAS E IMPEDEM A PASSAGEM.
- 💀 PASSAGEM PROIBIDA.

TODAS AS AVENTURAS DE PEPA E MAXI...

- O caso do castelo assombrado
- O caso do livreiro misterioso
- O caso do roubo da *Mona Louisa*
- O caso do cemitério enfeitiçado
- O caso da Ilha dos Jacarés
- O caso do monstro dos cereais
- O caso do troféu desaparecido
- O caso do fantasma do teatro
- O caso do tesouro esquecido
- O caso da caverna proibida